오늘,
눈물 나게 좋은 순간

오늘, 눈물 나게 좋은 순간

글 김지원 · 사진 강지훈

프롬북스
frombooks

프롤로그

우리는 그저,
문장들이 필요하다.

문장은 책, 대화, 영화 등 일상 속 다양한 곳에서 발견된다.
그러고는 머릿속에 고요히 잠들어 있다가 필요한 상황에
불쑥 나타나 나를 일깨워준다.
이를테면 고독한 날에는 영화 〈이토록 뜨거운 순간〉의
한 문장이 생각나는 것이다.

"한 가지만 명심해. 텍사스를 떠나는 사람이 나 혼자는 아니다."

이 문장을 되뇌며 고독을 견뎌왔다.
그러고 나면, 내가 세상에 흩어진 문장들을 건져내기 위해
살고 있다는 생각이 든다.
그래서 오늘도 문장을 주우려 세수를 하고 길을 나선다.

기뻐서 놓치고 싶지 않은 순간,
미친 듯 힘들고 마음 쓰린 순간,
그럼에도 생을 다시 사랑하게 되는 순간.

각각의 순간을 무사히 살아내기 위해
나는 매일매일 '문장'을 써내려간다.
문장을 쓰다 보면 그래도 어찌되었든
'오늘, 눈물 나게 좋은 순간'이었음을 알게 되는 것이다.

그렇게 쓴 나의 문장들이
가끔은 랜선을 타고 누군가에게 다가가
오래 기다렸던 한 줄의 위로가 되기도 했다.

서로 보이지는 않지만, 다른 일상을 살고 있지만,
비슷한 감정에 공감하며 울고 웃었다.

앞으로도 나는 '문장이 많은 사람'이 되고 싶다.
문장을 나누고, 사랑을 주고받는 사람이고 싶다.

김지원

차례

Scene #1. 오늘,
　　　　　 모든 사랑의 기록

Scene #2. 오늘,
이곳에 머무는 떨림

차례

Scene #3. 오늘,
　　　　하나둘 기억을 담는다

Scene #4. 오늘,
　　　　너와 나 모두의 풍경

Scene #1.

오늘,
모든 사랑의 기록

사랑한다는 말

당신이
사랑한다는 말을
자주 하지 않아서

슬픈 건 없다.

자주 하지 않기 때문에

가끔 하는 그 말이
진심임을 안다.

흩날리는

민들레 꽃씨처럼

고군분투의 오전을 보내고
점심을 먹으러 나갔더니

거리에 온통
민들레 꽃씨가 흩날린다.

나는
부유하는 민들레 꽃씨와 같이

방황한다.

그래,
아직은
봄의 시작인 것이다.

오늘따라
예뻐 보이네

"오늘따라 예뻐 보이네."

그걸로 하루를 산다.

파도 소리가
들리는
집

내가 사는 집은
대로변에 있어
한밤중에도 쌩쌩 오가는 차 소리가 들린다.

잠이 오지 않을 땐 상상한다.
저건 파도 소리라고.

그럼 신기하게도
파도가 바위에 부딪혀
알알이 부서지는 소리까지
들을 수 있다.

글의 힘은 강하다

가끔 너무 화가 나거나
잡생각이 많아질 때.

불을 끄고 누워도
도무지 잠이 안 오고,
마음속이 시끄러울 때.

그럴 땐
일어나 불을 켜고
종이와 펜을 집어 든다.

1, 2, 3…… 번호를 붙여가며
마음속에 떠도는 모든 말을
글자로 하나하나 바꿔본다.

펜이 느려지고
더 쓸 말이 없을 즈음엔
마음이 통째로
종이에 다 옮겨와 있다.

더 생각할 필요가 없으니
머릿속이 한결 깨끗하고 가뿐하다.
문장들을 잘 묶어서 보관해두고,
마음 가벼이 잠이 든다.

언젠가 또다시 비슷한 고민이 생기면
종이를 꺼내어 가만 들여다본다.

글의 힘은, 이토록 강하다.

나는 글의 힘을
염치없게 자주 빌리며
사는 사람이고 싶다.

인생이
제멋대로
흘러갈 때

너무 치밀하게
계획을 짠 여행은
생각보다 시시하고,

블로그로 열심히 탐색한 곳은
막상 가보면
기대만큼 감흥이 없다.

생의 중요한 순간은
잘못 들어선 골목,
계획되지 않은 여로,
생각지 못한 만남을 통해
얻게 된다.

그러니
인생이 제멋대로 흘러가더라도
너무 낙심하지 말고,

충분히 길을 잃자.

엄마의 문자

새로 이사한 낯선 방에
우두커니 앉아 있으니
외로움이 밀려든다.

문득,
처음 독립했을 때
엄마가 보내준 문자가 생각났다.

딸아, 힘들면 언제든지 말해.

엄마는 도와주는 사람이야.

왈칵 눈물이 날 것 같아
숨을 크게 들이쉬고 청소를 했다.

전하지 못한 말

용기가 없어서

전하고 싶은 말을
꾹 참아버릴 때가 있다.

목까지 차오른 그 말이
마음속에 둥둥 떠다닌다.

그 말이 떠나지 않아서
그 말에 체한다.

내가 잠든 사이,
그 말이 꿈결을 지나
그 사람에게 닿아서

가만히 그의 등을
어루만져준다면 좋겠다.

그럼
그 말을 전하지 못해도
충분히 괜찮겠다.

그의 취미가
내 취미가 되었다

운동이라고는
숨쉬기 운동밖에 모르던 내게
일어날 수 없는 일이 벌어졌다.

잠실에서 출발해 인천까지
자전거를 타고 다녀온 것이다.

쌩쌩 달리는 고수들 사이에서
조심스레 페달을 밟고 있자니
믿을 수 없는 내 모습에
이런 생각이 든다.

누군가를 만나면,

나는
그를 만나기 이전으로는
절대 돌아갈 수가 없는 것이다.

키 크는
손녀딸

고향에 내려가면
할머니 댁에 들른다.

나를 볼 때마다
할머니는 깜짝 놀라며
"또 키가 커졌네!" 하신다.

스물아홉인 내가
성장기일 리는 없고

할머니의 키가
점점 작아지고 있는 것이다.

잘 자라라고
그득하게 떠주신 밥을
많이 많이 먹고 온다.

우울한 날,

호수를 걷는다

때때로
우울에 잠식되거나,
마음이 답답해지면
집 근처 호수를 걷는다.

내게 일어나는 어떤 일도

이 호수와,
이 하늘보다는
한없이 작다.

누구에게나
창문이 있다

창문은
집의 채광을 결정한다.

밖에서 안으로
햇빛이 쏟아져 들어오면
밝고 아름다운 집이 된다.

사람도 마찬가지 아닐까.

누구에게나 각자의 창문이 있다.
다만 그 크기는 천차만별이다.

어떤 이들은
크고 넓은 창문을 뚫어놓았고
어떤 이들은
겨우 손바닥만 한 창문을 가지고 있다.

부족한 게 많다는 마음으로
좋은 생각들을 충분히 받아들이면
밝고 아름다운 사람이 된다.

그러나 내 생각만이 옳다고 믿고
바깥의 아름다운 것들을
받아들이지 않으면
어둡고 좁은 사람이 된다.

다행인 것은
누구나 자신의 창문을
언제든 넓히거나 줄일 수 있다는 것.

그렇다면 나는
창을 넓혀
채광이 좋은 집이 되겠다.

하루분의 힘

가만히 서 있는
단단한 책상.

옹기종기 모여든
색색의 펜들.

얌전히 누워 있는
하얀 종이들.

종일 이리저리 쏘다니고
지쳐 돌아온 내가

내일을 다시 살아갈
하루분의 힘을
얻을 수 있게,

오늘 하루
이리저리 치이고
기운이 바닥난 사람들이

내 글 한 줄을 통해
내일 하루분의 힘을
얻을 수 있게,

책상과 펜,
그리고 종이는
우리의 반짝이는 내일을 위해
고요히 제자리에서 시간을 품고 있다.

작은
실패

누구나 살면서
실패를 겪게 된다.

애써 마음을 다독여봐도
쉬이 우울해진다.

그러나 돌이켜보면
발을 참방거릴 만한 얕은 우울이었다.

그래,
다행이다.

신이 있다면
그 신은 지금껏 나에게
작은 실패만을 준 셈이니까.

작은 실패를 겪으면서
큰 실패에는
혀만 살짝 갖다댈 수 있었다.

그리하여
큰 실패를
예방할 수 있었다.

잘 생각해보면
하늘이 무너질 만큼
좌절했던 적은 사실 없었다.

하얀 벽을 보며
마음이 깨끗해진다.

할머니의 시간

할머니의 문자는
언제나 길고

내 문자는
언제나 짧다.

할머니의 시간은
길지 않다는 걸
계속 잊는다.

틀린 글자에
가슴이 저릿하다.

스팸 메시지

할 일 제쳐두고
슬쩍 졸다가

띠리링 울리는
휴대폰 알림에 잠이 깨어

그것이 스팸 메시지였음을
알게 된 일이 여러 번 있다.

우연히 들려온 소리에 일어나
시간을 확인하고는 다행이라 안도하며
미뤄둔 일을 다시 시작한다.

200~3000만원
최대 5년
상환 가능

이런 조악한 문자메시지가
게으른 나의 저녁 시간을 살려냈다는 생각에
웃음이 난다.

모든 것은
상대적이고
찰나적이다.

그러니
좋은 멘토, 나쁜 친구와 같은
평면적 구분에 너무 의미를 두지 말아야겠다.

삶의 진짜 의미는
'좋은 스팸 메시지'와 같은
역설에 있을지도 모르니까.

가장 즐거운 일은
계획된 데이트보다
계획되지 않은 데이트다.

즉흥적으로 합의한
일탈 같은 것.

둘만이 아는
둘만의 작전.

임무가 끝나면
공범자를
더 사랑하게 된다.

51

소설가의 사명

오랜만에 읽은 한 편의 소설이 나를 휘감는다.

사랑에 관한 이야기이자
전부에 관한 이야기였다.

진실을 탐구하는
작가의 노력이 집요하고 대단했다.

어릴 때는 소설이
재미있는 '이야기'인 줄로만 알았다.

하지만 이제는 소설이 '이야기'를 넘어
책장 뒤편에
뜨겁고 육중한 진실을
담아내려는 것을 안다.

소설의 속내를
조금이나마 이해하면
몇 장짜리 단도직입적인
논문을 읽은 것보다 더 깊이 있게
세상을 이해할 수 있다.

긴 이야기에
시간을 투자할 가치는
그것만으로도 충분하다.

돌아서 가는 만큼
더 둘러볼 수 있게 된다.

소설가의 사명은 이런 것이 아닐까.

세상은 '면'으로 이루어져 있는데
인간의 짧은 사고로는
겨우 '점'으로서만 그것에 접근할 수 있다.

진실 파수꾼인 소설가들이
점들을 연결한 '선'으로 삶을 이야기한다.
그리하여 점과 면, 그 사이
세상의 간극을 촘촘하게 메워준다.

세상을 이해하기 위해서
소설가들의 문장을
한 줄 한 줄 정성스레 새겨본다.

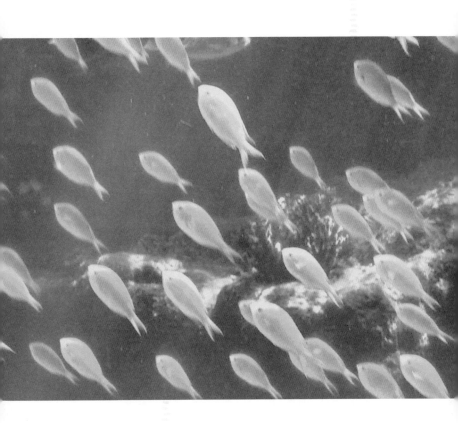

능동적으로
선택하기

아침에 눈뜰 때부터
매 순간, 수만 가지의 선택이
눈앞에 펼쳐진다.

스스로 뭔가를 선택한다는 것은
축복이다.

그렇다면 나는
수동을 허락하지 않겠다.

중요한 결정을
누군가에게 떠맡기지 않겠다.

성숙한 행복을 위해서
값싼 아픔을 선택할 것이다.

능동적으로
아픔을 선택한다는 것은
이미 그 자체로 훌륭하다.

삶에 대한 무한한 애정이
그것을 가능하게 한다.

책을

끌어안는다

책을 읽을 때는
감성이 충만한 나머지
생각이 많아진다.

내가 책이 되고, 책이 내가 될 만큼
평생을 끼고 살다가
죽을 때 꼭 끌어안고 죽겠다고 생각한다.

책을 읽고 있으면, 쓰고 싶어진다.
가방에 굴러다니던 영수증 뒷면에
급히 써내려간다.

거기에 쓴 하나의 거친 문장이
책상에 앉아 깨끗한 노트에 쓴
글 한 편보다 값지다.

이런 일이 일상이 되도록
연습하기로 한다.

책을 읽고 있어도
읽고 싶을 때가 있다.

책이 좋은 정도가 책을 읽는 속도를 위반한다.
읽는 것으로는 다 읽지 못하여
결국 끌어안는다.

책을 사랑하는 사람을 사랑하겠다.
가끔 각자 다른 세계로
여행을 떠날 수 있는 사람을.

그곳에서 가져온 기념품을
서로 나눌 수 있는 사람을.

제일 잘
들여다볼
것

눈을 감고
좋은 음악 들으며
내 안에 집중하는 시간.

친구 소개로 다녀온 명상 모임에서
그 고요한 시간을 누려보았다.

모임이 끝나고
친구와 맛있는 밥을 먹으며
좋은 이야기를 나누고
찬찬히 걸어 집으로 돌아왔다.

진실은
때때로
두려움이다.

그래서 인간은
자신의 마음을 모르는 것이 아니라,
모르는 척하려는 것 같다.

관계, 일, 성취감……
모든 게 마음에서 비롯되니

내 마음의 말에 귀 기울이는 게
가장 중요한 일이라는 생각이 든다.

모임에서 만난
청신한 얼굴들을 떠올리니
내게도 용기가 생긴다.

앞으로는 두려움에 정면으로 맞서며

그 무엇보다
내 마음을
제일 잘 들여다볼 것이다.

그것으로
다 되었다

만 명의 사람들이
내 글을 좋아해준다면
넘치게 기쁠 것이다.

하지만 아빠가
내 글을 좋아해준다면

그보다 열 배는 더 기쁠 것이다.

아무리 많은 사람들이
나를 응원한다고 해도
내가 사랑하는 사람이
나를 응원해주지 않는다면
아무 의미가 없다.

글을 쓰는 것이
아주 많이 망설여질 때가 있다.

내가 너무 많이 드러나
부끄럽기도 하고
부족함이 들통 날까
전전긍긍하기도 한다.

하지만 오늘 밤,
아빠가 좋아해주었으니

그것으로 다 되었다.

누가 뭐라 하든,
상관없다.

나중에
전화할게요

할머니한테 전화가 오면
나도 모르게 하는 말들.

"할머니, 지금 회식이에요.
나중에 전화할게요."

"할머니, 지금 친구 만나요.
나중에 전화할게요."

그러고는 깜빡 잊고 있다가
한참 지난 후에
전화를 건다.

그러면
할머니는 기다렸다는 듯
이야기를 쏟아내신다.

할머니는 홀로 머물면서
아침, 점심, 저녁
차곡차곡 이야기를 쌓아두시나 보다.

아주 오래오래
내 전화를 기다리신 것 같아
코끝이 찡해져온다.

'나중에'라는 말이
없어지면 좋겠다.

내가 그 말을 몰라서
영영 하지 않으면 좋겠다.

앓고 난
다음 날

이틀을 내리 앓고
깨어난 월요일 아침.

허기진 사람처럼
살아 있음이 고프다.

집을 나서니
활기, 사람, 바람……
살아 있는 모든 것들이
눈을 번뜩이며 내게 다가온다.

아픈 것이
나쁜 것은 아니다.

한 시간을 두 시간처럼
살고 싶을 만큼
생의 소중함이 나를 두드린다.

하물며 죽음 앞에서는 어떨까.

나를 찾는 곳이 있는
이 세상에 감사한 아침이다.

멀리서 보면 아름답다

고향인 부산을 떠나
처음 서울에 왔을 때부터 지금까지

이곳은 나에게
늘 바쁘고 삭막한 도시였다.

어딜 가도 사람 많은 서울이
때로는 진절머리 났다.

정신없는 일상을 잠시 벗어나
고향에 가기 위해 올라탄 기차에서
창밖을 내다보니
시내가 한눈에 펼쳐진다.

서울 속에 있었기에
서울을 볼 수 없었다.

깎아 세운 빌딩
끝없이 이어지는 자동차들
회색빛 하늘을 바라보니

문득,
아름답다는 생각이 든다.

멀리서 보니
서울은 아름다웠다.

열심히 사는
서울은 아름다웠다.

모든 것이 그럴 것이다.

멀리서 보면 아름답다.

하지만 그 안에 있으면
자꾸 그 사실을 잊게 된다.

나도 지금
가까이서 보면 치열한,
멀리서 보면 아름다운
삶을 살고 있을 것이다.

가장 아름다운 지금 이 순간을
잊지 말아야지.

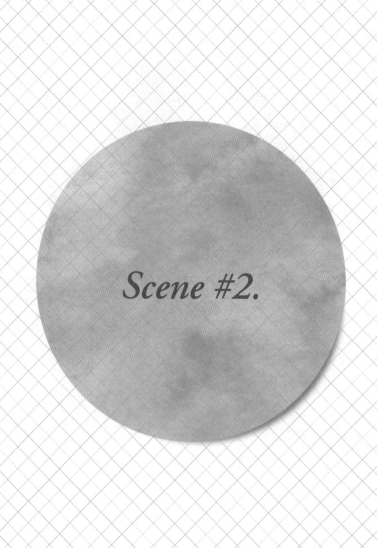

Scene #2.

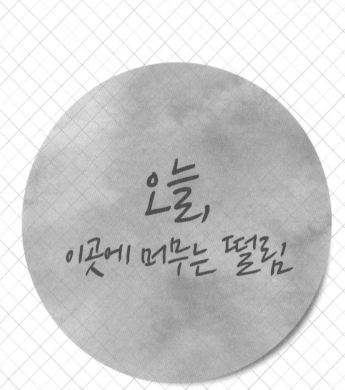

오늘,
이곳에 머무는 떨림

내 손에 쥐어진 좋은 것들

힘든 하루의 연속이다.

지친 몸을 이끌고
집으로 걸어가며 가만히 생각해본다.

지금 내 손에 쥐어진
'좋은 것들'에 대해서.

어쩌면 이들은
지난날의 시련이 남기고 간 선물이 아닐까.

그러니 곧 내 손에는
또 다른 좋은 것들이 주어질 거라고,
믿으며 다시 힘을 낸다.

꽃
한 송이의
힘

꽃은
그 빛깔 하나로
마음에 불을 켠다.

나는
무엇 하나로
당신을 환하게 할 수 있을까.

나들이
가는 길

연휴를 맞아 들뜬 사람들이
나들이 가는 지하철 안.

약속이나 한 듯 입을 다문 채
모두들 휴대폰만 들여다본다.

지상으로 올라온 열차가
칸칸이 실어 넣는 네모난 햇살엔
아무도 관심이 없다.

오늘 하루
햇살 한 줌이
흘러 지나간다.

재미있는 놀이

한낮의 거리를 거닐다가 마주한 풍경 하나.

색 테이프 회사에서
시민들을 대상으로
유쾌한 이벤트를 진행 중이다.

세상에 그렇게나 다양한
색 테이프가 존재하는지
나는 처음 알았다.

행사장 한편에는
색 테이프로 상자를 직접 꾸며볼 수 있도록
체험 테이블이 마련되어 있다.

나도 하나 만들어본다.

아이 어른 할 것 없이
모두가 열중하여 상자를 꾸미는 가운데
진지한 에너지가 한껏 뿜어져 나온다.

온전히 내 취향이 담긴
종이 상자가 맘에 들기도 했지만
무엇보다도 오랜만에 치열하게 재미있었다.

재미있게 사는 게
별것 아니라는 생각이 든다.

아이 같아지는 것.
그 순수한 열정과 즐거움을 잃지 않는 것.

그게 바로 삶의 재미 아닐까.

언제부터인가
재미있게 노는 게
어려운 일이 되어버렸다.

카페 가는 것 말고
밤새 술 마시는 것 말고

삶이 건네는
다채로운 색의 향연에 빠져드는 것.

왜 이런 걸 잊고 살았을까.

도서관
예찬

주말에는 도서관에 간다.

마케팅의 지배에서 벗어나
순서대로 꽂혀 있는 책들을
한 권 한 권 천천히 살펴본다.

찾는 책이 없으면
비치해달라고 신청한다.
괜스레 마음이 풍요롭고 넉넉해진다.

한없이 여유롭게
책 속에 파묻혀 시간을 보내는 건
굉장한 축복이자 행운이다.

지치고
싶지 않다

부산과 서울을 오가며

일하고
사랑하며
살아간다.

할 일도, 할 말도
너무나 많은 요즘.

의미 있는 모든 일을
해내기 위해

지금 이 순간,
지치지 않는다면 좋겠다.

종이가 모자라고,
펜이 다 닳을 때까지

모든 순간을 써내려가겠다.
지치지 않고
매일을 살고 싶다.

엄마의 목소리

말로 다 못할 만큼
시련에 부딪힌다.

내가 선택한 길이니까
어쩔 수 없지만

외롭고
초조하고
우울한 마음 또한
어쩔 수 없다.

그때,
고향에서 걸려온 엄마의 전화.

"괜찮아."

엄마의 이 한 마디는
타인의 그것보다
백배쯤 힘이 세다.

엄마의 목소리는
부드럽고 강한 울타리다.

나는 아직도
엄마의 울타리가
되어주지 못한다.

다만
'엄마를 위해 살겠다.'고
마음이 말한다.

딱
한 마디만
더

집 앞 음식점에서
혼자 밥을 먹고 나오는데
식당주인이 건넨 말.

"맛있게 드셨어요?"

나는 왠지 쑥스러워
"네……" 하고
조그맣게 대답하고 곧장 나왔다.

이럴 때는
모르는 사람과 말을 잘 못하는
숙맥인 내 자신이 참 아쉽다.

혼자 밥 먹기에 좋은
아담한 가게인 데다
맛 또한 정말 좋아서 감탄하던 참이었는데…….

"진짜 맛있었어요. 자주 올게요!"
한 마디 할 줄 아는 나라면
얼마나 좋을까.

딱 한 마디만 더 했더라면
그분도 신이 나는 하루를 보낼 텐데.

친절을 베풀어준 누군가에게
"딱 한 마디만 더"
덧붙일 수 있는
내가 되면 좋겠다.

내 작은 말 한 마디는
누군가의 하루를, 인생을 바꿀 수 있는
힘을 가지고 있으니까.

기록의 힘을 믿는다

종이 한가득
이루고 싶은 일들을 쓴다.

정말 다
이룰 수 있을지는 모른다.

하지만 이렇게
써보는 것만으로도
반은 이룬 것 같아 행복하다.

나는 기록의 힘을 믿는다.

그래서 생각하고 있는 것에 관해
굳이 펜을 소모해가며 종이에 쓴다.

쓰는 대로 이루어질 것이다.

언젠가 노트에
어느 시인의 이름을 적어두었더니

우연히 좋은 기회로
내일, 그의 이야기를 들으러
가게 된 것과 같이.

한밤의 드라이브

자전거 끌고
밤 드라이브 나간다.

선뜻한 바람 샤워가
개운하다.

골목골목
야외 테이블마다
사람들이 술을 마신다.

그들의 밤에
풍경이 되어
지나간다.

온종일
나만을 위해
살던 나였다.

일 년
사이에

2015년 3월 2일 밤.

일 년 전,
나는 이런 순간을 상상하지 못하였다.

책상에 앉아 글을 쓰고,
그것을 포스팅하고 있을 거라고

그러면
각기 다른 곳에 사는 구독자들이
댓글을 달아주고
공감과 애정을 보내올 거라고

일 년 전의 나는
전혀 예상하지 못하였다.

신기하게도
매일매일 글을 쓰는 것이
숟가락으로 밥을 뜨는 것처럼
자연스러워졌으며

하루 한 줌 분량의
행복을 찾는 것에 익숙해졌다.

24시간 동안
행복을 모른 채 사는 이도 있을 텐데

하루에 한 번씩
꼭 행복해지겠다는 계약은
참 고마운 계약이다.

일 년 새
내 인생은 분명히
일 도쯤 더 따뜻해졌을 것이다.

일 년 전의 내가
지금의 나를 전혀 알 수 없었듯

일 년 후의 나를
지금은 알 수 없을 것이다.

2016년 3월 2일 밤에
무엇을 하고 있을지…….

예상할 수 없기에
기대할 수 있다.

기분 좋은 작전

오랜만에 찾은 라이브클럽.

코앞에서 뮤지션을 보고
그의 노래를 듣는다.

풀벌레 소리 나는 노래가
참으로 좋았던 뮤지션
'밤에 피는 장미'.

그들의 공연에서 가장 좋았던 건
클럽에 새로운 관객이 들어올 때마다
다 같이 환호하고 박수쳤던 순간이다.

문밖에 그림자가 어른거리면
'밤에 피는 장미'가 외친다.
"저기 모자 쓴 손님이 들어오네요.
들어오면 박수치고 환호해요~!"

마치 '몰래카메라'처럼

관객들도 작전에 협조한다.

사람들은
당황하고 쑥쓰러워하면서도
기분 좋게 웃으며 공연장에 들어선다.

그날의 힘들고 기분 나쁜 일들이
그 순간 다 풀려버렸을 것이다.

보는 나 역시도
기분이 좋아졌던 신기한 경험.

모르는 사람이 두렵기만 한 세상인데
그날 그 공간 안에서는
서로가 친근하게 느껴졌다.

우리 모두가
따뜻한 사람이라는
동질감이 들었다.

단어
하나

주욱-
글을 써내려가는 데는
얼마 걸리지 않았는데

단지
'단어 하나'를
고심할 때가 있다.

종이 한 장을 메우는 시간보다
단 두 글자를 선택하는 시간이
더 오래 걸리곤 한다.

단어 하나가
글 전체의 향기를
결정하기 때문이다.

말을 할 때도 그렇다.

무심코 선택한 단어 하나에서
인품이 느껴진다.

어떤 단어에선 꽃향기가 나고
어떤 단어에선 악취가 난다.

나는
단어 하나로도 향이 담뿍 나는
그런 사람이고 싶다.

더 오래 고심하더라도
끝내 빛을 끄집어내는
향이 좋은 사람.

믿음은

그런 것이 아니다

나의 일부분만 보여주어도
믿어주는 사람이 있다.

나를 아주 많이 보여주어도
믿지 못하는 사람도 있다.

사랑하는 사람을
믿지 않고
안절부절못하는 것은

상대를 너무 많이 사랑해서가 아니다.
자신의 마음이 나약하기 때문이다.

그것은
상대보다 자신을 먼저 위하는 마음에서 온다.

철석같이 믿다가 다칠까 봐
믿지 못하는 것이다.

믿음은 그런 것이 아니다.

믿음은
충분히 다쳐도 좋다는 각오로,
온힘을 다해 자신의 마음을 허락하는 것이다.

그럴 수 있을 정도로
상대를 사랑하는 게 믿음의 시작이다.

온전히 믿지 않으면
자신을 보호할 수는 있어도
사랑을 지킬 수는 없다.

불안
이기기

대부분 영화는
결말이 해피엔딩이다.

그 안에서 어떤 비극이 일어나도
관객 입장에서는
'잘되겠지' 하고 믿는 구석이 있다.

삶이 불안한 이유는
믿는 구석이 없기 때문이다.
그 누구도 결말을 보장할 수가 없다.

그래서
불안이 덮쳐올 때,
나는 삶의 관객이 되어 본다.

삶을 스크린 안에 넣고
팝콘을 씹는다.

인생이 영화라고 착각해버리면
반쯤은 낭만적으로 나를 볼 수 있다.

작은 자동차와
먼 길과
부모님의 아침

조그만 차에 겨우 뉘여서
부산에서 서울로 다섯 시간을 달려온
고향집 전자 키보드.

서울 오시는 엄마 편에 부탁해서
가져온 오래된 물건.

방 한쪽 벽에 설치하고 나니
마음이 든든해지면서도, 묵직하다.

이 큰 걸 아침부터 포장하고
낑낑 차에 실으셨을
엄마 아빠의 모습이 눈에 선하다.

타지에 나와
스스로
불안정한 길을 택한 딸

하고 싶은 건 해야
직성이 풀리는 딸

그런 딸을
묵묵히 지켜보는 부모님 마음은
깊이를 모른다.

건반에 손가락을 얹을 땐
작은 자동차와 먼 길과
부모님의 아침을 생각하겠다.

하나의
기적

연인이 헤어지면
한 덩이의 죄가 남는다.

그들이 사랑을 지키기 위해
노력했던 정도에 따라
그 죄를 나눠 가진다.

대개 덜 노력했던 이가
많은 죄를 가져간다.

하지만
사랑이 끝나지 않는 한
그것은 면죄된다.

하나의 기적으로 남는다.

그래서……
한 쌍의 연인은
하나의 기적이다.

의외로
힘이 세다

사무실에만 있다가
미팅이 있어 잠깐 밖으로 나왔다.

전철을 타고 창밖을 내다보다
눈치채지 못한 사이에
봄이 왔음을 알았다.

벚꽃이 소리 없이
서울 곳곳에 피어 있다.
회색빛 빌딩 사이사이에
보란 듯 야무지게 피어 있다.

한순간 피곤이 사라질 만큼
기분이 좋아져 한참을 바라다본다.
사람들도 다들 와, 하고 바깥을 내다본다.

그 순간
그렇게 다 같이
봄의 힘을 얻었다.

연약해 보이는 분홍은
의외로 힘이 세다.

세상에 분홍이 있어
다행이다.

손을
잡고 있었더니

손을 잡고 있었더니
물이 들어버렸다.

그에게
슬픈 일이 생기면
내 마음이 아리고

그에게
기쁜 일이 생기면
내 일처럼 기쁘다.

오늘은
기쁜 당신이니까
내 꿈이 행복하겠다.

순간의 질감

'지금'이 아니면
안 되는 것이 있다.

저축했다 급할 때 꺼내 쓰는 돈이나
얼렸다 해동해 먹는 음식처럼
필요할 때 다시 꺼낼 수 없는 것.

말도 그러하다.

어떤 말은
필요할 때 결코 하지 못했고
필요할 때 결코 듣지 못했다.

아무리 똑같은 말이라도
시간이 지나면
가치가 없어져버린다.

그것이 바로

지금 이 순간에

최선을 다해 살아야 하는 이유 아닐까.

순간의 질감에
몸을 부대껴야 한다.

그 순간은
되돌아갈 수 없는
생의 소중한 의미이기 때문이다.

소소한 말 한마디에도
타이밍이 있다는 걸 알게 된
안타까운 어느 날에…….

변하고
싶었다

변하고 싶었다.

읽어온 책들의 제목을 보면
내가 얼마나 변하고 싶어했는지 알 수 있다.

여린 마음의 소녀에서
강단 있는 여자로
변하고 싶었고

내 주변을 넘어
많은 사람들에게
영향을 미치고 싶었다.

그렇게 오랜
고민의 시간들이 지나고 깨달은 건
'변화'를 '어려움'으로 받아들였다는 사실이다.

일단 저질러보고
일단 말해보고
일단 해보면

변화는 생각보다 쉬웠다.
변화는 생각보다 빨리 왔다.

단지 변화를
결심하기 전까지 망설이느라 더딜 뿐이었다.

달리 행동하면
달리 살아진다.

지금 당장이라도
어제와 다르게 살 수 있는 것이다.

할머니의 이야기

억울했던 일
화가 났던 일
외로웠던 일…….

할머니는 오늘도
많은 이야기를 들려주신다.

노인이 되면
속상한 일이 잦아지는 것 같다.

그래도
내 말 한 마디면 소녀처럼 깔깔깔 웃으신다.

"할머니, 지금 이 이야기
정확히 열다섯 번째예요."

빙 둘러서
돌아왔다

책을 읽다보면
책 어딘가의 문장이
내 어딘가의 문장과
닿는다.

여행도 비슷하다.

여행을 하다보면
여행지 어딘가의 단면이
내 삶 어딘가의 단면과
닿는다.

결국
밖에 있는 것을 얻기보다는
이미 내 안에 있던 것을 환기하기 위해
빙- 둘러가는 것이
여행이다.

새로운 것들은 보기에 참 좋았지만

그보다 더 좋은 것은
익숙한 삶의 풍경들.

버스도 잘 안 다니는 곳에서
고군분투하는 것도 재미있었지만

집에 돌아오는 길,
지하철이 '홍대입구'를 지나는데,
그 익숙한 이름이 얼마나 큰 안도감을 주던지.

지지고 볶는 일상이 소중해진다.

안녕–
그리고
안녕 :)

내일 뜨는 태양이
오늘과 다를 바 없다는 걸
모두 잘 알고 있음에도

우리는
오늘과 내일 사이에 선을 긋고

왁자지껄 즐거워하고
추억을 회상하고
새로운 날을 기대한다.

연말이 되면 느껴지는
이런 분위기가 왠지 좋다.

다시 시작할 수 있을 거라는
설렘이 느껴진다.

행복해질 수 있을 거라는
자신감이 생긴다.

그러기 위해
더 많이 부딪쳐야 함을 안다.

사람은
자신이 상상하는 것만큼 살아내기에
나는
더욱 넓게 생각할 것이다.

안녕 –
그리고
안녕 :)

Scene #3.

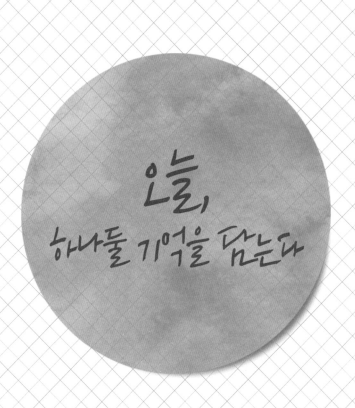

오늘,
하나둘 기억을 담는다

악몽을 꾸는 이유

악몽을 자주 꾼다.

공포영화처럼 무섭고 으스스한 꿈이 아니다.
불안, 초조, 걱정으로 이루어진
'기분 나쁜 꿈'이다.

잠에서 깨면 몇 초 동안
묘한 기분에 사로잡혀 있다가
안도하면서 현실로 돌아온다.

왜 자꾸 악몽을 꿀까?

어쩌면
내가 낙천적으로 살아가는 이유가
악몽을 꾸기 때문일까?

불안과 걱정은 모두
꿈에서 끝나기 때문에
깨어나서는 밝게 웃으며
살아가는 게 아닐지.

그렇게 생각하니
잠이 고맙고, 또 악몽이 고맙다.

꿈속의 내가 현실의 나를 잊고
현실의 내가 꿈속의 나를 잊는다.
둘은 영원히 모르는 사이여야 한다.

기차에서 만난 풍경

붐비는 기차에 탄
한 아기와 엄마.

아기 엄마는
남편과 통화하다
"아빠야." 하고 아기를 바꿔준다.

아기는
전화를 건네받지만
아직 말을 못한다.

그래도 표정과 입 모양이
우물우물
막 말을 하려는 것 같다.

아기는
주춤주춤하다
냅다 소리를 질러버린다.

아빠라는 걸 알까.
아빠에게 무슨 말을 하려는 걸까.

아빠 보고 싶어요
아빠 나 기차타고 있어요
아빠 사랑해요

이런 말들일까…….

매일 밤
어디서
어떻게

고향집에 오니
아무도 쓰지 않아 비어 있던 내 방에
엄마가 두꺼운 이불을 가져다주신다.

따뜻한 밤 보내라고
작은 공간을 다독여주신다.

문득 생은
매일 밤 어디서 어떻게 잠드는지,
그것으로 채워진다는 생각이 든다.

잠은
하루의 끝이자
하루의 결론이다.

따뜻하게 잠들고자
모두들 아등바등
노력하고 있지 않은가.

결국 다
잘 자기 위해서다.

누군가
챙겨주는 밤
걱정해주는 밤
인사해주는 밤이
많을수록

행복한 사람이 되는 게 아닐까
생각해본다.

모두들 잘 잤는지요?

흔들리는 밤

똑바로 서 있는 척하지만
대부분 자기 나름의 고민과 갈등,
방황 앞에 흔들리고 있다.

작은 것에
크게 흔들리는 것이 아이러니다.

뭐든 내 마음대로 하고
아무도 신경 쓰고 싶지 않은
기분이 들 때도 있지만

내가 사랑하고
또 나를 사랑하는 사람들과
함께 살아가는 세상이라

결코
독립적인 존재일 수는 없다.

스스로
좀 더 단단해진다면

나의 사람들에게 상처주지 않으면서
나 또한 상처받지 않을 수 있을까?

그들을 아프게 하지 않으면서도
자유로울 수 있을까?

고독해지고 싶지는 않다.
다만
온전해지고 싶다.

하늘과  바다와 놀기

해수욕장에 가게 된
좋은 날.

모래 위에 누워
책을 읽는다.

햇볕이 스탠드가 되고
파도 소리가 배경음악이 된다.

가장 황홀한 것은
하늘이 책상이 되어 주는 것.

또,
목 밑까지 몸을 담그고 파도를 탄다.

물에선 아무것도 손에 쥘 수 없기에
자유로워진다.

휴대폰도, 카메라도 없이
오직 파도하고만 논다.

어쩌면 요즘은
너무 많이 검색하고
너무 많이 예상할 수 있기에
더 어렵게 살아지는 세상 같다.

하늘과 놀고
바다와 놀면
더 쉽게, 더 가슴 뛰게
놀 수 있다.

홈메이드 포도 주스

모처럼 놀러 간 할머니 댁.
그곳에서 나를 기다리는
홈메이드 포도 주스 한 잔.

할머니 손으로
직접 짜서 만든 포도 주스는
내가 마셔본 그 어떤 음료보다 맛있다.

손으로 하는 일이면 뭐든 잘하시는
우리 할머니는
어릴 적부터 이것저것 많이 만들어주셨다.

나는
할머니가 지어주시는
옷을 입고 음식을 먹으며 자랐다.

지금도 내 몸 어딘가에는
할머니표 옷과 주스가 녹아들어 있다.

이들이 아니라면
나는 아무것도 아니다.

나도 누군가의
일부가 되고 싶다는 생각을 한다.

내 손으로 지은
한 토막 글이나 노래로

누군가의
어깨에, 팔에, 옆구리에
스며들고 싶다.

누군가의 일부가 되어
그가 삶을 살아갈 때
힘을 주고 싶다.

교정을 걸으며

고향에 와서
모처럼 교정을 걷는다.

캠퍼스 구석구석에
지난날의 내가 있다.

그 시절,
내가 두려워했던 것들
옳다고 믿었던 선택들

아픈 기억, 좋은 기억은
모두 낙엽이 되었다.

흔적은 남아 있지만
생생히 아프거나,
생생히 기쁘지는 않다.

바싹 마른 낙엽처럼
흔적으로 머물 뿐이다.

교정을 걷다가
그 시절의 나를 만날 수 있다면
이런 이야기를 해주고 싶다.

지금 두려워하고 있는 것의
절반 정도만 두려워해도 돼.

어떤 선택은
절대적으로 옳은 것처럼 보이지만
꼭 그렇지 않을지도 몰라.
오히려 정반대일 수도 있어.

그렇다면……
미래의 나는
지금의 나에게
무슨 말을 해주고 싶을까.

우주가
움직였던
밤

아주 가끔이지만
거대한 우주가
움직이는 순간이 있다.

2005년의 어느 날,
그저 그런 하루가 끝나갈 무렵.

비몽사몽 라디오를 듣다가
내가 미야자키 하야오 애니메이션의
소녀가 되어

새로운 세계의
문을 열고 있었다.

페퍼톤스의 '세계정복'이란 노래를
처음 들었던 순간이다.

그날 이후
인생의 각도가
미묘하게 바뀌었다.

이상한 말이지만
페퍼톤스의 음악은
이렇게 표현할 수밖에 없다.

기분 좋은
기분 좋음

두통에 타이레놀을 찾듯이
오늘처럼 피곤한 날엔
그들의 음악을 복용한다.

'그 밤'이 없었다면
밴드를 해보지 않았을 테고
노래도 만들지 않았을 거다.

'그 밤'이 없었더라면
매일 밤 소녀로 돌아가
이렇게 글을 쓰는 나도 없었을 것 같다.

우주가 움직였던 '그 밤'은
앞으로도 나를 기분 좋게 지배할 것이다.

가끔은
과감해지기

단발로 싹둑,
머리 다듬고 나오는 길.
가볍고 건강한 머리칼 덕에 기분이 상쾌하다.

2년 전 매우 과감하게
머리를 잘랐을 때가 떠오른다.

한번 해보고 싶은 스타일이 있었는데
용기가 안 나서 미루다가

에라 모르겠다, 하고
덜컥 잘라버린 숏커트.
그것도 남자 운동선수만큼이나 짧은 머리.

직장 동료뿐 아니라 친구며 친척이며
나를 아는 사람들 사이에서
한동안 꽤 떠들썩한 사건이었다.

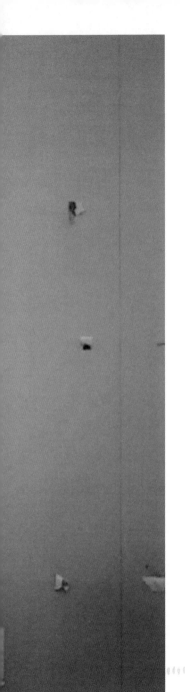

사실 자르고 나서 많이 후회했지만
지금은 그때 그 경험을
다행으로 생각한다.

그때 해보지 않았다면, 아직도
'스타일을 확 바꾸고 싶은데……' 하고
미련을 가졌을 것이다.

'언젠가 해봐야지'라는 말은
'결국 하지 않겠다'는 말과
다르지 않음을 점점 실감한다.

어떤 것이든
그냥 용감하게 저지르고 볼 필요도 있다.

그러고 나면 쉽게 답을 찾게 된다.
계속해야 할지, 말지.
어떤 걸 보완해야 할지.

용기 있게 해본 어떤 일이
내게 후회를 남기는 일은
결코 없었다.

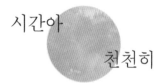

시간아
천천히

한낮의 온도에
가을의 끄트머리가 남아 있다.

가을이 왔음을
제대로 느껴보지도 못한 채
또 한 계절 무심히 흘러간다.

가을은 나를
붙잡아주지 않는다.

다하지 못한 것에 대한 미련.
혹시나 싶어 자꾸 들춰보는 추억.

스물아홉의 인생에
환절은,
쓰린 계절이다.

그렇지만
계절이 가는 것은
슬프고도 아름답다.

끝은 새로운 문을 열어주고,
나는 이 세상에 처음 오는
새 겨울을 맞을 준비를 한다.

'어떤' 행복

대학 시절,
학교 도서관에 들어가서
내 키보다 훨씬 큰 책장들 사이를
서성이는 것이 참 좋았다.

어느 날,
평소처럼 책장 사이를 지나는데
무라카미 하루키의 책 제목이 마음을 딱, 때렸다.

작지만 확실한 행복

그날 이후
이는 곧 인생의 모토가 되었다.
내 철학과 가치관을 이끌었고
내가 쓰는 글의 주제가 되었다.

인생의 목표가 '행복'이라고
말하는 사람은 많지만
그 행복이
'어떠한' 행복을 뜻하는지는 들어보지 못했다.

나 역시도 마찬가지였다.

하지만 이 책 제목을 본 순간부터
'크지만 불확실한 행복'보다는
'작지만 확실한 행복'을 목표로 삼게 되었다.

지금 당장
재즈를 틀고
좋아하는 책을 펼치면

확실하게 행복해진다는 사실을
잘 알고 있다.

일 분 안에 행복해지는 방법을
많이 알고 있는 사람이
진정으로 행복한 게 아닐까.

모르는
사람에게

좋은 친구들을
많이 사귀게 된 어젯밤.

우연이 이어주는 인연에
몇 번이나 놀랐다.

처음 만났음에도
우리는 갖가지 우연들로
이미 오래전부터 연결되어 있었다.

집으로 돌아가는 길,
매일 아침 전철에서의 내 모습이 떠올랐다.

서로 부딪히고,
시끄럽고 복잡한 공공장소에서
나도 모르게 늘 인상을 찡그렸던 것이다.

하지만 내일 아침부터는

모르는 사람에게
찡그리지 말아야지.

그 사람은 어제 우리 엄마에게
친절을 베푼 행인일 수도 있고,
포스트에 올린 내 글에
공감하고 위로받은 사람일 수도 있다.

우리 모두는
종이 한 장 차이로
친구와 친구 아님 사이에 있다.

그러니
길 가다 부딪혀도
웃으며 지나가야지.

이 우연한 만남이
언제 어디서 어떤 인연으로 닿을지
아무도 모르니.

다시는
볼 수 없는
이들

태어나서 지금까지 만났던 수많은 사람 중에
계속해서 인연을 이어가는 사람들은
사실 몇 안 된다.

어쩌다 보니, 이런저런 이유로,
대부분은 만남을 그치고 말았다.

당연하고 자연스러운
삶의 흐름이긴 하지만

홀로 방에 앉아
'어떤 사람들은 다시는 볼 수 없게 되었다.'
생각하면 한없이 쓸쓸해진다.

나는 사람들을 잊어가고
사람들은 나를 잊어가겠지…….

그것이 어쩔 수 없는 일이라면

나는
느리게 잊히는 사람이고 싶다.

진짜로
행복한
사람

며칠 전, 나의 생일.

작년에 비해
축하해주는 사람들이
세 배 이상 늘었다.

그것만으로도 좋은 일이지만

항상 변함없이 나를 응원하는
가족이 있다는 건
더 고마운 일이다.

오랜만에 고향에 내려온 나를 위해
엄마는 이른 새벽부터
미역국을 끓이셨고

할머니는
고구마를 한가득 구워주셨다.

이모가 보낸 카톡 메시지는
정말 예뻐서
보는 순간 눈물이 고였다.

"이십 수년 전에 우리 곁에 온 것에 감사한다."

나는 진짜로 행복한 사람이다.

나는 진짜로 행복한 사람이다.

자꾸만 잊으시는 할머니

텔레비전 켜는 법을
잊어버린 할머니.

언젠가부터 할머니는
세상에 존재하는 것들을
하나씩 잊어가고 있다.

자꾸 기억을 잃는 할머니가
서글프다.

그래서 할머니께 문자가 오면
문자하는 법은 아직 기억하시는구나,
안도하게 된다.

할머니가
무언가를 꼭
잊어버려야 한다면

그것이
어쩔 수 없는 일이라면

아픈 기억은 다 잊어버리고
행복한 기억만 남으면 좋겠다.

그리고 그 행복한 기억 속에
나도 있으면 좋겠다.

좋은 한 사람

이모만큼 착한 사람을
나는 아직 보지 못했다.

천사 같은 이모가
천사 같은 며느리를 얻었다.

관계가 단절되고 있는 이 세상에
전혀 다른 어떤 사람이
전혀 다른 집안 식구들과
조화롭게 어울리는 것은 참 아름다운 일이다.

착한 며느리 덕에
시월드의 카톡방은 감사로 가득하다.

나는 새언니가
우리 이모를 웃게 해줘서 정말 고맙다.

좋은 한 사람은
곁에 있는 한 사람만을
행복하게 하지 않는다.

좋은 한 사람은
수십 명의 기쁨이며,
나 또한 그런 '한 사람'이 되고 싶다.

뜨겁게
뜨겁게
끓인다

냄비에 찬물을 넣고 끓이면
물이 서서히 미지근해진다.

미지근한 물로는
미지근한 일밖에 할 수 없다.

끓기 시작하는 순간,
쓸 만한 물이 된다.

생각이 미지근할 땐,
표현하지 않는 것이 좋다.

생각이 끓어 넘쳐야
진짜 좋은 표현이 나오기 때문이다.

끓어 넘칠 때 표현하면
생각의 정수가 잘 담긴다.

듣는 사람도
더 뜨겁게 글을 받아들인다.

생각은 끓여야 한다.

끓어 넘치는 순간을
더 많이 만나기 위해

오늘도
냄비에 물을 넣고
뜨겁게 뜨겁게 끓인다.

과거와 현재

일이 너무 많아
초조하고 조급한 걸음으로
퇴근하는 길,

오랜만에 걸려온
대학 선배의 전화.

선배도 요즘 야근의 연속이라
지치고 우울하다고 했다.

함께 보낸 대학 시절을 회상하며
선배가 말했다.

"이럴 줄 알았으면 그때 좀 즐길걸.
뭘 그렇게 조급해하고 불안해했을까."

당시에도 우리는 고민이 많아
여러 가지 일로 힘들어했다.

선배의 말을 듣는데
문득,
몇 년 후의 모습이 그려졌다.

그때도 우리는 지금을 떠올리며
"이럴 줄 알았으면 그때 좀 즐길걸."
후회할지도 모른다는 생각이 들었다.

과거는 언제나 아쉽고
현재는 언제나 부족하다.

언젠가 뒤돌아볼 때,
'너무 힘든 지금'은
'매우 좋은 시절'일지도 모른다.

빛나는 것들은 많아

때로는
생각지도 못한 것에서
큰 힘을 얻는다.

어느 날 우연히
아이돌 그룹 '엑소'의 무대를 보다가

단 두 줄의 가사에
눈물이 핑 돌았다.

빛나는 것들은 많아
그 안의 진짜를 봐봐

세상에는 빛나는 것이 정말로 많다.

예쁘고, 반짝이는 것들,
화려한 사람들.

197

그에 비해 나는
너무 초라한 것 같아
가끔은 많이 움츠러든다.

나는 진짜를 보라고 소리치고 싶은데,
어떤 이들은 자꾸만
나에게 반짝이라고 말한다.

엑소의 노래를 들으면서
그래도 누군가는
진짜를 보라고 말해주는구나, 생각하니
자신감이 생긴다.

반짝이는 것들 사이에서
내가 진짜이면 된다.

진짜이면 된다.

Scene #4.

오늘,
너와 나 모두의 풍경

양파 가격에
행복한 순간

상품이나 서비스의 값어치가
생각보다 너무 저렴하여
삶이 호사스럽게 느껴질 때가 있다.

마트에서 파는 양파는 세 개에 천 원이다.

싱싱한 양파가 되기까지 든
시간, 햇빛, 빗물, 노동을 생각하면
만 원을 주어도 모자라다.

차가 없는 나는
전철이나 버스를 주로 이용한다.

고작 천 얼마를 내고 내가 원하는 장소까지 간다.
그것도 아주 빠르게,
이리저리 원하는 곳을 찾아다닌다.

영화를 보러 간다.

내가 근접조차 할 수 없는
기술로 만들어진 3D 영상이
스크린에 펼쳐진다.
그런 영화들의 제작비는 실로 엄청나다.

하나의 영화를 위해 투입된
예산, 인력, 장비, 갈등 등
모든 과정에도 불구하고
나는 팔천 원을 내고
건방지게 팝콘을 씹으며 본다.

삶에 있어서 나는
밑진 적이 없는 것 같다.
참 호사롭게 살고 있다.

우리는 모두
누군가의
중심

새로 태어난
조카를 보러 다녀왔다.

이모와 이모부는
어엿한 할머니 할아버지가 되었고,
사촌오빠 부부는 새내기 부모가 되었다.

모두 둘러앉아
예쁘고 조그만 생명에게서
눈을 뗄 줄 모른다.

아기가 태어나니
모든 게 아기 중심으로 돌아간다고 한다.

그러고 보니,
갓난아기 때 돌보아주지 않으면
죽는 유일한 동물이 사람이다.

우리 모두
이렇게 한자리에 모여
아기를 들여다보는 것도

한 사람 한 사람이
갓난아기였을 때,
누군가가 보살펴주었기 때문이다.

이모, 이모부,
사촌오빠, 새언니,
그리고 나도

누군가의 중심이고 우주였다.

사람들은 아름답다

누가 불러내지 않는 이상
사람을 거의 만나지 않던
지난 몇 년이 지나고

요즘 나는 많이 달라졌다.

모임을 주선하고
먼저 이야기를 건네기도 한다.

그러면서, 나 혼자서 충분히
현명하게 살 수 있다고 생각한
시간들이 얼마나 어리석었는지를 알았다.

세상에는 좋은 사람들이 많다.

그리고 발전적인 교류는
인생을 완전히 달라지게 한다.

나는 다시,
사랑하게 되었다.

웃음과 에너지와 사려 깊음이
넘쳐나는
지구의 사람들을.

사람들은 아름답다.

손으로 하는

일

좋아하는 리코타 치즈를
집에서 간단하게 만들 수 있다는 사실을
알게 되었다.

남들이 '불금'을 보내는 금요일 저녁,
나 역시 불 앞에서
우유와 씨름하며 겨우겨우 치즈를 만들었다.

마트에서 사오면
금방 해결될 일이었고,
만드는 것 또한
생각보다 쉽지 않았지만

내 손으로 만들어서 그런지
산 것보다 훨씬 맛있고 뿌듯했다.

금요일 저녁 시간을
치즈를 만드는 데 다 써버렸지만

오랜만에
기다리고, 살피고, 마음 졸이는
느린 시간을 살아보았다.

손은 기계가 아니라서
한계가 있지만, 그 때문에
손으로 하는 일은 정직하다.

얼마나 정성을 들이느냐
얼마나 마음을 담았느냐가
결과물에 다 담긴다.

이런 일들로
인생을 채워나간다면
나는 분명 정직하고,
행복한 사람이 될 것 같다.

훗날, 손주들에게
치즈를 직접 만들어주는
행복한 할머니가 될 것 같다.

소중한 사람들 지키기

'관계'에 대해
친구와 이야기하다가
새삼 깨달은 건,

뭔가를 새로 갖는 것보다
가진 걸 지켜내는 게
더 어렵다는 사실이다.

사람 마음의 경우가
특히 그렇다.

내가 가진 걸
너무 당연하게 여기며 살아온 건 아닐까.

내 곁의 소중한 사람들……
그들은 당연하지 않다.

좋은 사람,
좋은 글,
좋은 커피

선물받은 원두를
넣고 다녔더니

고소한 커피 향이
가방 안에 가득하다.

좋은 사람이 쓴
좋은 글을 읽으며
나는 좋은 사람이 되어간다.

좋은 사람이 볶은
좋은 커피가
내 작은 가방에까지
물들었으니

이 가방도 분명
좋은 것을 담을 것이다.

빛을 위해 힘쓰는 사람들

홈리스(homeless)를 위한
잡지가 있다는 이야기를 들은 적이 있다.

그런데 그 잡지가
내가 매일 지나다니는
합정역 2번 출구 앞에서 파는
바로 그 잡지라는 사실을 얼마 전에야 알았다.

"안녕하십니까, 빅이슈입니다." 하고
인사를 건네올 때마다

현금이 없다는 핑계로,
바쁘다는 이유로,
다음에 사봐야지 생각만 했다.

그러다 오늘,
마침 현금을 쥐고 있던 나는
판매하시는 분께 드디어 한 권 달라고 말씀드렸다.

그분은 가격이 인상되었다며
돈을 받는 것조차 조심스러워하셨다.
가격은 이미 알고 있던 터라
괜찮다고 웃으며 답했다.

저녁 7시,
마치 내가 오늘의 첫 손님인 것처럼
그분은 환하게 웃어주셨다.

집에 와서 읽어보니
내가 낸 잡지 가격의 반을
그분은 저축할 수 있을 것이었다.

어제 나는 인터넷에서
사람들에게 행패와 강도를 일삼는
홈리스를 맹렬히 비난하는 글을 읽었다.

오늘 나는 거리에서
건설적인 방법으로
사회에 일조하는 사람을 보았다.

세상에는
가슴 아프도록
짙고 무거운 어둠이 많다.

그리고
어둠의 반대편에는
빛을 위해 힘쓰는 사람들이 있다.

비난하는 사람과 힘쓰는 사람이
세상에 둘 다 필요하다면

나는
잡지 한 권만큼의 힘을 쓰기로 한다.

평생
　　신세 지기

오래전 끼적인
메모를 들추어보다가

적었던 그대로 살고 있는
나를 발견하게 된다.

좋아하던 책을
집어 들었다가

읽었던 그대로 살고 있는
나를 발견하게 된다.

적어서 또는 읽어서
이루어진 걸까,

아니면

적고 읽은 것을 간직해서
이루어진 걸까.

어느 쪽이든

지금까지 나는 '글'에게
신세를 져온 것이
확실하다.

그럼에도 나는
'글'에게 해준 게 없고
아직도 소원이 많이 남아

죽을 때까지
신세 질 생각만
계속하고 있다.

모두가
다른 곳에 있어도

네이버 포스트에 글을 올리고,

그것과 상관없는
바쁜 하루를 보낸다.

내가 무슨 생각을 했는지,
어떤 글을 썼는지,
낮 동안에는 떠올릴 여유가 없다.

그러다 잠깐 커피를 마시며
내 작은 공간에 들어가 글 아래 주르르 달린
'좋아요'와 댓글을 보면

내가 다른 일에 빠져 있을 때도
누군가가 열심히
나를 응원해주고 있다고 느껴진다.

혼자가 아니라는
기분이 든다.

반대로,
내가 열심히 글을 쓰는 동안
사람들은 나와 상관없는 일상을 살지만

어느 순간, 휴대폰을 열어
내 글을 읽을 때……

우리 모두는 연결되어 있다.

모두가 다른 곳에 있어도,
아무리 바빠도,
한 편의 글 앞에 하나로 모여지는
그 맘이 고맙다.

서로 공감할 수 있기에
다 같이 기대어 살아갈 수 있다.

세상이 어려워진 이유

세상이 어려워진 이유는
문제와 답 사이에
괴리가 있기 때문이다.

문제란 놈은 아주 복잡한데
답은 심플할 수밖에 없다.

마치 수학문제 같다.

어떤 문제는
좋은 면과 나쁜 면이 동시에 존재하고
얻을 게 있지만 잃게 되는 것도 상당하여

고마우면서 미워하기도 한다.
그만큼 복잡하다.

하지만 답은
하거나 하지 않거나
이어지거나 단절되거나
보이거나 보이지 않거나

단 한 가지의 선택만을 요구한다.

"왜 그만뒀어?"
"왜 헤어졌어?"
"왜 들어갔어?"

이런 질문들에
대답하기 어려운 이유가 바로 그래서다.

내린 답 안에
복잡한 심경을 담을 수가 없다.

답을 내리기까지
고민하고 번뇌했던 과정은
답을 내리는 순간, 증발한다.
어쨌든 답안지에 답을 써버렸으니까.

그래도 한 가지,
인생이 수학문제와 다른 점이 있다면
'시간'이 개입한다는 점이다.

시간이 지나면서
어려운 문제가 자연스럽게
해결되기도 하고

오답이 정답이 되기도 하며,
물론
정답이 오답이 되기도 한다.

모든 것을 시간에 맡기는
일 따위는 하고 싶지 않지만

어떤 일들은
시간이라는 장독대에 담아
발효시키는 과정이 필요하다.

그래야만 잘 익은
정답을 쓸 수 있을 것 같다.

그토록
살고 싶어했던
오늘

일이 너무 많아 힘에 부치고
퇴근 후 써야 할 글들은 가득 쌓여 있다.

고대 한 철학자는 '오늘'에 대해 이렇게 말했다.

'어제 죽어간 이들이
그토록 살고 싶어했던 내일이다.'

하지만 곰곰이 생각해보니
오늘은
어제 죽어간 이들이 아니라

어제의 내가, 어릴 적 내가
그토록 원했던 삶이다.

좋아하는 일을 하고 싶었고
글로 소통하고 싶었고
독립적으로 살고 싶었다.

이미 나는,
세 가지 다 하고 있지 않은가.

사람은 적응의 동물이라
성취에 금세 무감각해지고
불평불만이 늘어간다.

자세히 들여다보면
원하고 바라왔던
몇 가지는 벌써 가지고 있다.

그러니
충분히 행복해해도 된다.

어떤 이들은
행복으로 이끌어주는 '수단'을
행복 자체로 착각하였다.

그러면
행복은 점점 멀어져갔다.

수단에 집착한 나머지
진짜를 보지 못했기 때문이다.

그런 사람 곁에서
나는 조금도 행복하지 않았다.

지금껏 살면서 내가 배운 건
단순한 사실 하나다.

'행복 자체를 잊지 않으면
다른 것들은 자동으로 따라온다.'

나는
이런 사람을 사랑하겠다.

나와 같은 것을
배운 사람을.

'행복'이 최종 목적임을
잊지 않는 사람을.

카카오톡과
할머니

얼떨결에
스마트 폰으로 바꾼 할머니

카카오톡을 설치해드리니
그렇게 보고 싶어하시는
손주들의 사진이 가득 뜬다.

젊은이들이게는 당연한 소통 수단이
할머니에게는 엄청나게 신기한가 보다.

"아니, 나는 주문도 안 했는데
어떻게 애들 사진이 나왔어?"

"이게 이렇게 공중으로 날아서
내 폰으로 오는 거야?"

"외국까지 멀어서 문자가 가겠나……."

스마트 폰은
세대를 단절시키기도 하지만
친밀하게 이어주기도 한다.

덕분에 할머니랑 둘이
소녀들처럼 까르르- 한바탕 웃어보았다.

내 세상을
결정하는 것

처음부터 끝까지
일기장을 읽어보니

내 행동반경과
내 삶의 철학과
지향하는 가치가 한눈에 보인다.

그러자 갑자기 무서워졌다.

지금 내가 가진 생각, 신념, 철학은
지나온 내 삶의 반경을
결코 벗어나지 않는 것이다.

내가 가는 곳
내가 보는 것
내가 느끼는 감정

이것만이 내 세상을 결정한다.

모든 이에게 똑같은 지구지만,
경험에 따라
저마다 다른 세상이 된다.

좁은 세상 속에 있으면
좁은 생각에서 맴돌 뿐이다.

내 세상의 크기가
곧 생각의 크기다.

그래서 나는
지구를 쓸고 다니기로 했다.

어떤 사람으로
남고 싶은가

종종 생각한다.
나는 이 세상에
어떤 사람으로 남고 싶은지.

멋진,
매력적인,
위트 있는,
사랑스러운……

좋은 형용사들은 셀 수 없이 많지만
곰곰이 생각해보니 나는 그저,

'괜찮은 사람'이 되고 싶다.

'괜찮은'이라는
이 뜨뜻미지근한 단어가
'사람'이라는 단어와 만나면
꽤 묵직해지는 기분이 든다.

책임감 있을 것 같고
성실할 것 같고
의리도 있을 것 같은

꽤 괜찮은 단어다.

언젠가 내가 다 흩어지고
단어 하나로만 남게 된다면

'괜찮은 사람'으로
남고 싶다.

충분히, 의미 있다

생각하지 않으려
오랫동안 참고 있다가

추억 가득한 장소에 가니
어쩔 수 없이 하나둘 떠오른다.

지금 우리는 멀어졌지만
그곳은 여전히 반짝거린다.

나란히 앉았던 자리,
함께 걸었던 거리에
눈물이 고여 있다.

늘 생각했다.
사랑은 왜 끝나야만 할까.

그런데 오늘 그곳을 지나면서
끝난 사랑도 충분히 의미 있음을
비로소 느끼게 되었다.

大田区
東蒲田二丁目
27
Higashi-
kamata
2-chome
Ota City

우주에는 수많은 별들이
태어나고 또 사라져간다.

그 별들이 폭발해
일순간 없어졌다고 해도
언젠가 한 번은
지구의 밤을 따뜻하게 비추었으리라.

우리도 그처럼
하나의 별이었던 것이다.
의미 있는 존재로 우주에 머물렀다.

어떤 시간 동안은
세상을 더없이 따뜻하게 비추었으니까.

존재했던 것, 그것만으로
우리는 충분히 의미 있었다.

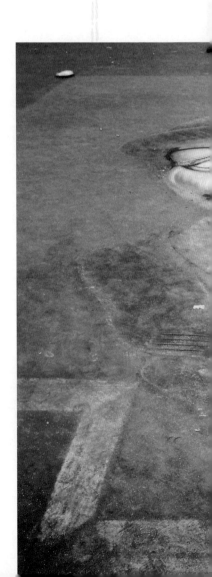

세상은 끝도 없는
비밀로 둘러싸여 있고,
우주는 알 수 없는
신비로 가득 차 있다.

미물로 태어나
아름다운 곳에 머물며
사랑하는 사람들을 만나기는
쉽지 않은 일이다.

그러니 우리는 모두
기적적으로
이 지구에 살아 있는 것이다.

어떤 고요한 밤에는
이 모든 게 신기해진다.

모든 것을 알고 싶고
모든 것을 하고 싶다.

내 눈높이보다
훨씬 더 높고 깊은
통찰력을 가지고 싶다.

그러기 위해서

모든 것에
허기져야 한다.

배움에 허기져야 하고
교류에 허기져야 하고
도전에 허기져야 한다.

비록 작은 존재로 태어났어도
조그마한 개미같이
굴고 싶지는 않다.

계속
힘들면 좋겠다

어두웠던 내가
행복해지기 위하여 글을 쓰기 시작했고

글을 쓴 지
일 년이 된 지금은 아주 많이 행복하다.

하지만 그 행복과 맞바꾼 것이 있다.
'좋은 글을 쓰는 재주'이다.

행복해지기 위해
글을 쓰기 시작했고 그리하여 행복해졌으니

글을 쓰는 재주가 없어진 것은
당연한 건지도 모른다.

아픔에는 능력이 있다.

어떨 때는 매우 힘들었지만
그 때문에 글이 술술 써졌다.

아프기 때문에
울림 있는 문장들이 많이 나왔다.

지금은
행복해지기 위해 굳이 펜을 들지 않아도
충분히 행복하다.
그래서 글을 쓰는 것이 꽤 힘들어졌다.

무엇보다
내 최종 목표는 '행복'이었기 때문에

글을 쓰는 것이
계속 힘들면 좋겠다.

사랑하지 못하는 이유

서점에서 책장을 넘기다
우연히 펼친 페이지의 한 구절이 너무 좋아
계산대로 달려갈 때가 있다.

집에 와서 찬찬히 읽어도
기대만큼 마음이 흠뻑 젖지만
때로 생각과 전혀 다르기도 하다.

사람에 대해서도 마찬가지다.

우연히 펼쳐진 페이지에
매력적인 한 줄이 있어
매력적인 사람으로 착각해버리고

우연히 펼쳐지지 못한
매력적인 페이지들을 못 봐서
수많은 편견을 만들 수도 있다.

내가 지금
사랑하지 못하는 이유도
이와 같지 않을까.

겨우 한 줄로,
겨우 한 페이지로 만든
편견의 벽들 때문에
사랑하지 못하는 게 아닐까.

수많은 가능성을
스스로 접어버리기 때문에.

이제는 사람을 만나면
우연히 펼쳐진 페이지 말고도
다양한 페이지들을
펼쳐보고 싶다.

빛과 그림자

볼 때마다
빨려들 것처럼
강렬하고 아름다운
고흐의 그림.

그의 그림을
익숙하게 봐왔지만
가까이서 살핀 적은 없었다.

오늘은
고흐의 이야기를 읽다가
그림을 아주 가까이서 보게 되었다.

물감을 캔버스에 바르기보다는
두껍게 짜놓는 고흐의 화법.

캔버스 곳곳에는
물감 덩어리로 인해
그림자가 져 있었다.

그림을 멀리서 보면
물감의 그림자마저 색과 조화를 이루어
하나의 작품이 되는 것이었다.

문득,
중요한 사실을 발견했다.

빛과 그림자 모두가
하나의 작품이 된다.

마찬가지로
빛과 그림자 모두가
인생이 된다.

지금 느끼는 행복뿐 아니라
불행마저도

내 인생이라는 작품을
아름답게 만들어주는 요소다.

이 시간들 중
버릴 것은 하나도 없다.

에필로그

태어날 때부터 마냥 책이 좋았다.
책이 한가득 꽂혀 있는 책장을 보면 두근거려
꺼내 만져보지 않고는 견디지 못하는 꼬마 아이였다.

그렇게 책을 좋아하다가, 좋아하는 것만으로는 부족하여
어느 날 생각했다.

'책이 될 거야.'
그리고 2015년 가을, 나는 정말로 책이 되었다.

내 작은 책상 위에서 써내려가고
때로는 걸어 다니면서 끼적인 조각 글들이 모여
하나의 조각보가 되었다.

이 조각보는 추울 때 덮을 수도 있고,
아픈 곳을 문지를 수도 있고,
쓸쓸할 때 바라볼 수도 있는 예쁜 천이 될 것이다.

모호하고 모양 없던 내 마음이 책으로 완성될 수 있게 힘써준
프롬북스,
책 속 멋진 사진을 찍어준 16년 지기 친구 지훈,
언제나 나를 응원해주는 부모님과 집안 식구들.

그리고 어떤 어려움에도 불구하고
'오늘' 속에서 '눈물 나게 좋은 순간'을 찾는,
마음이 아름다운 사람들에게 이 책을 바친다.

2015년의 끄트머리에서

오늘, 눈물 나게 좋은 순간

ⓒ 김지원, 강지훈, 2015

1판 1쇄 발행 2015년 10월 12일
1판 2쇄 발행 2015년 11월 23일

지은이	김지원
사진	강지훈
펴낸이	김병은
펴낸곳	프롬북스

편집	이남경 · 이혜재 · 이현정
마케팅	조윤규
디자인	윤장호
등록번호	제313-2007-000021호
등록일자	2007.2.1.
주소	경기도 고양시 일산동구 정발산로 24 (장항동 웨스턴돔타워) T1-706호
전화	031-926-3397
팩스	031-926-3398
전자우편	edit@frombooks.co.kr

ISBN 978-89-93734-66-9 03810

이 도서의 국립중앙도서관 출판예정도서목록(CIP)은 서지정보유통지원시스템 홈페이지(http://seoji.nl.go.kr)와
국가자료공동목록시스템(http://www.nl.go.kr/kolisnet)에서 이용하실 수 있습니다.(CIP제어번호: CIP2015024908)